바닥을 치고 솟아오르는 생

곰곰나루시인선 017

바닥을 치고 솟아오르는 생

장봉숙 시집

곰곰나루

시인의 말

사람을 잃고
유기견처럼 떠돌았다.
시어들이 위로가 되었다.
남루한 표현이지만
개의치 않겠다.
그것들이 나를 일으켜 세웠으니.

2023년 10월
장봉숙

바닥을 치고 솟아오르는 생

차례

제1부

지평선

찰나
이승과 저승으로 갈리는 선
떠난 자와 남겨진 자
떠난 자는 흔적이 없고
남은 자는 슬픔의 섬에 갇히는 선

땅과 하늘, 여자와 남자, 부와 가난, 정의와 불의, 선
과 악,
오르가즘과 불감증

내 안의 나와 내 밖의 내가 팽팽하게 맞서
뾰족하거나 너그럽거나
유쾌하거나 울적하거나
멀리 또는 가까이
맞닿은 하염없는
서산에 걸린 노을 같은

먹먹한

전화데이트

하루를 접을 시간 맞춰
스마트폰 컬러링이 나를 부르는데요
오늘 잘 지냈어요? 많이 웃었나요?
내 일상을 미주알고주알 알고 싶어 하는 사람입니다
시시콜콜 자기 하루도 다 말해주는데요
얼마나 따뜻하고 부드러운지요

그게 뭐라고
달콤한 솜사탕 하나 물고 있는 느낌 있지요
내 정체성이 회색이었는데요

아 글쎄
연애세포가 어딘가 숨어 있었나 봐요
묘하게 설레이고
얼굴이 닳아오르네요

그렇지만

대놓고 자랑할 일 아니어서요

쉿

이런 감정 비밀인데요

전화데이트 계속해도 괜찮을까요

모자는 불온한 바람이었다

산티에고 순례길
길은 여명이 트기 전처럼 아득했다

올라! 부엔 까미노!
절룩거리는 내 앞에서
한편의 영화 주인공 같은
남자가 하얗게 웃으며 인사를 건넸다
파나마모자가 잘 어울리는 남자였다
푸른 눈이 깊고 선했다

용광로처럼 달궈진 길 위에서
남자와의 잦은 재회는
청량음료가 되었다

순례를 마치던 날
바르셀로나 중심가에서
모자를 샀다

남자를 품듯 대신 모자를 품었다
불온한 바람이었다

모자는 남편의 선물이 되었다

빳빳하게 풀 먹인 모시옷에 모자를 쓴 그는
중후한 멋을 풍겼다

그가 영원의 집으로 거처를 옮겼다
주인 잃은 모자가 추억을 소환했다
슬픔이다

불온한 바람을 품었던 모자였다

주상절리

슬픔을 지고 집을 나섰다
등짐은 버거웠다

바다가 철썩였다
막무가내 달려와 몸부림치는 파도에
못 견디어
깎이고 잘리어 남은 자리

사람을 잃고 나서 알았다
철썩이며 울어대는 파도는 내 설움이었다
설움은 마음에 주상절리를 남겼다

장마

검은 장막을 드리운 하늘
그곳에서도 누군가 생을 접었나 보다

슬픔을 견디지 못해
어쩔 수 없이
지상으로 쏟아내는 눈물이라 해두자

하루 종일
멈추지 않는 저 질긴 눈물이
지상을 적시는 동안

곰팡이 같은 우울이
전신에 퍼지고
홀로 섬으로 가라앉는다

저 비 그치면
무지개 걸리겠다

변명

웃자란
과욕은 잘라내야 해

떨지 마
빌어서 될 일 아냐

수족을
자르는 일
억울해 하지 마

꽃피우고 열매 맺기까지
세찬 비바람도
뜨거운 햇살의 담금질도
온몸으로 견딘다는 거 알아

새 눈 틔우기 전
곁가지 쳐내고

웃자란 키도 잘라주고
잔가지 정리하면

혈맥은 골고루 양분을 실어 날라
가지는 튼실해지고
뿌리 더 깊게 터를 잡을 터

가을볕 내려앉을 때
수확을 바라보는 기꺼운 눈들
생각하면서

참을 수 있지
잘 이겨낼 거지

회포를 풀다

사진첩을 열었다

빛바랜 일곱 살이 배를 내밀고 있다
볼이 터질 듯 통통한 열다섯 살이 해맑다
성교육이 전무했던 시절
소녀는 첫 달거리를 보고 기겁했었다

광릉 파란 잔디밭에 갈래머리를 한 교복 입은 여학
생이다
까르륵 파란 웃음을 웃으며 꿈을 베물던 그녀들은
다 어디 갔을까

MT, 캠프파이어
둘러앉은 젊음들이 하얗게 웃는다
기타와 돌림노래 둥글게를 부르며 돌아가던 청춘이
었다

신부님과 친구들을 뒤에 세우고 면사포를 길게 늘였
다
　신부와 신랑은 평생을 놓지 않으려는 듯 팔짱을 꼈
다

　나의 일곱 살을 붕어빵처럼 닮은 어린 남매
　보물 일호들이다
　일하는 엄마 대신 외할머니가 빈자리를 메웠다
　할머니의 단아한 모습이 지금의 나보다 젊다

　생이 빨주노초파남보 빛의 스페트럼이 되어 스크린
된다
　함께 웃고 울고 한 날들이다

　한나절을 생의 속살들과 회포를 풀었다

수면유도 음악

기필코
자고야 말겠다는 의지와
결코 잘 수 없다는
의지의 날선 대결이다

말똥말똥해진
눈이 불을 켜고 망한 잠을 찾으려 유튜브 검색이다

차르르
수십 개의 수면유도 음악들이 호객행위를 한다

- 떡실신하는 수면유도 음악
- 몸과 마음이 편안해지는 치유 음악
- 아베마리아 첼로 한 시간
- 이렇게 하면 불면증 극복합니다
- 잠 잘 오는 빗소리
- 5분 만에 잠드는 수면유도 음악

– 듣자마자 기절하는 수면유도 음악
– 잘 때 듣는 클래식

수면유도 음악 메뉴가 수없이 줄줄이 이어진다

생소한 클래식
짐노페디 1번, 3번을 클릭한다
볼륨을 줄이고 낯선 선율에 마음을 얹는다
잔잔히 흐르는 멜로디에 눈이 감길 즈음
광고가 호들갑이다

시간이 자정을 넘어섰다
수면유도 음악이 수면장애유도 음악이 되어버렸다
검증되지 않은 수면유도 음악이 새벽을 불렀다

검색하느라 들볶인 핸드폰이 기절 직전이다

죽비

일만 위 순교자 현양 동산에 들어서면
침묵하라는 죽비가
입을 다물게 한다

고요와 적막이
은혜처럼 흐르는 곳

오래 묵은
원망, 갈등, 미움을 다 내려놓으라 한다
이루고 싶은 소망이 한 짐인데
훌훌 내려놓으라 한다

묵주알 하나하나에 염원을 내려놓고 휘돌아 내려오면
약하고 가난한 이의 착한 이웃이 되라며
착한 사마리아인의 사랑을 따르라는
무언으로 내리시는 죽비의 말씀
두 손 모아 가슴에 담는다

섬

떨쳐내고 싶었던 잔소리도
그리움이 된다는 걸
잃고 나서야 알게 된 진실

함께 그려온 삶의 궤적들이
영화 필름처럼 스치며
적막을 거두어 가는 중

창틈 비집고 들어온 햇살에
젖은 마음 걸어놓고
오늘은 맑음이라고
또박또박 새기며

망망대해 한 점 섬으로
떠 있는 중

시샘

지나가다 너와 눈이 마주쳤지
눈길을 잡고 놓지 않은 건 너였어

아직 바람 매운데
그렇게 어여쁜 얼굴로 추파를 던지면
그냥 반해 버리잖아

봄내 가득한
너에게 마음을 빼앗겼어
독수리 병아리 낚아채듯
널 비닐봉투에 담았어
봄을 산 거야

바람이 능글능글 따라 들었어
네 곁에서 추파를 던지며 해롱거렸지
바람이 흔드는 대로
너를 끼고 오는 내내

발걸음이 왈츠를 추었어

저런 저런
봄이 지척인데 함박눈이네

선글라스

십년이 지났어요, 은퇴사제 찾아 뵌 때가. 그 사이 집채만 한 파도가 삶을 할퀴어 그 생채기가 자꾸만 덧나 쓰리고 아팠거든요.

오늘 노 사제 생신이어서 참 오래된 인연들이 의기투합했지요. 겨울 햇살은 늙은이 피부처럼 늘어졌지만요. 그 햇살이 두려워서가 아니라 마주한 사람의 눈빛을 감당할 수 없어서 선글라스를 쓰고 다녀요. 결핍과 상실이 어깨를 절로 처지게 해서요. 누군가 툭 뱉은 말에도 가시처럼 마음이 찔리거든요.

노 사제 애잔한 눈길이 그동안 안부여서요. 절로 눈가에 물기가 솟고 안개가 피어오르는데요. 찾아뵙지 못한 변명을 깨 털 듯 털어내는 제 넋두리에 이제부터 즐거운 독거로 살아라, 젊어서부터 칠십 년째 독거라며 그거 가뿐하니 좋더구나, 그 말씀 페퍼민트처럼 상큼해서요. 움켜쥔 서러움을 회 한 조각에 얹어 초장 듬뿍 찍어 와삭와삭 씹고 있는데요. 슬픔을 끼고 사느라 시커먼 안경 쓰고 있는 것 아니냐며 이제 그만 환한 세

상 살 거라, 햇살 가리지 말고 눈에 담고 살라는 말씀
이어서요. 어른께 걱정을 끼쳤다는 생각에 집에 들어
서자마자 선글라스를 벗어 서랍 깊숙이 넣었습니다.
곁에 그가 있는 듯 말을 건넸어요. 이제부터 즐거운 독
거가 되려고 해. 당신도 찬성이지? 영정 속에서 그가
환하게 웃고 있네요.

사모곡

무단히
정낭 넘어선 봄
뜰 안 가득하다
언 땅 비집고
고개 내민 복수초, 너도바람꽃
유두처럼 발그레한 매화
낯가림 없이
까르륵까르륵 해맑은 인사
해마다
어김없이 찾아드는
꽃 편지
무탈하시다는
어머니 기별

사당역

이호선과 사호선의 환승역, 난민 같은 인파를 쏟아
내는 역, 사정없이 부딪히거나 발길이 얽혀 난감해지
는 역, 엉뚱하게 방배동 방향에 서서 낙성대를 찾다가
낭패를 느끼게 되는 역, 전후좌우 낙성대 방향을 찾아
눈 홉뜨고 두리번거리며 분주해지는 역, 지척이건만
선로가 가로질러 반대편이 영원처럼 느껴지는 역, 철
퍼덕거리며 전철이 들어서면 토악질하듯 쏟아져 나오
는 인파들이 토해내는 들숨과 날숨으로 헐떡거리는
역, 쏟아진 인파가 썰물처럼 빠져나가는 역, 낙오한 패
잔병처럼 낙성대 방향을 찾아 헤매는 역, 나처럼 인파
에 떠밀리며 허둥대는 내 편을 만나기도 하는 역, 낙성
대가 한 정거장밖에 안 된다는 걸 새삼 알게 되는 역,
지하철 사호선과 이호선이 환승하는 사당역, 번번이
목적지 반대 방향에 서서 두리번거리며 당황하게 만드
는 역, 어쩌다 서울 나들이한 사람처럼 촌뜨기가 되어
버리게 하는 역, 사당역

비밀의 정원

마을지킴이 보호수 수령 300년인데요
둔덕에서 버틴 세월만큼
구구절절
마을의 희로애락
그 큰 그늘로 다 덮었다지요

어느 날 옆구리에
비밀의 정원 매달고 컨테이너 들어서더니요
그 너머에서
찐한 향내 풍겨와 어질머리 일어났는데요

수런거림이 궁금하여
슬쩍 넘겨 다 보았더니
텃새, 참새, 비둘기, 짝짓기 요란하구요
라일락, 연산홍, 잔디꽃, 분홍분홍 하며
벌, 나비 유혹이 한창이고
데이지가 무더기로 하얗게 웃으며 살랑살랑 꼬리치

구요
　무꽃, 명자꽃, 병꽃 다투어 여우 짓에
　정신이 아득해지더라지요

　덩달아 토끼 한 쌍 운우지정을 나누느라
　두 눈이 빨갛게 달아올랐다네요

　보호수 어르신
　에헴에헴 헛기침 날리며
　만화방창을 홀로 즐기며 몸을 흔들어대더니요
　아랫도리 습습하게 젖었다지요

　비밀의 정원에선 오늘도 여전히
　화르르 다투어
　봄꽃 난장을 펼친다네요

불면

접힌 생각들을 뒤적이다 보면
잠은 줄행랑이다

생각은 카멜레온처럼
흩어진 시간마다 다른 빛깔로 일렁인다

추억의 스크린이 걸리기도 하고
생각은 과거 현재를 넘나들며
뇌를 휘젓는다

생각의 파편으로 눈알이 깔깔해질 즈음
어둠이 꼬리를 말고
여명에 자리를 내어주게 마련

희뿌옇게 깔리는 새벽빛이
마법처럼
새벽잠을 부르고

무거운 눈꺼풀이 천근으로 내리누르는
이 모순

바람의 노래

뜰 안 가득
바람의 노래가 바람개비처럼
돌고 또 돈다

돌아가는 노래 속으로
내 인생이
빨려 들어간다

혈관에 쌓인 찌든 세월이
노래 한 자락에
씻김굿이 되었다

건들건들 바람의 춤사위에
따가운 햇살을 한줌 보태며
바람의 노래에 마음을 섞는다

노랫말이

내 인생과 같아서
눈가에 물기가 돋는다

속절없는 생이다
바람의 노래가 몇 바퀴 돌아가는 동안
한나절 해가 기울었다

그리움이 어둠처럼 깔린다

마지막 벌초

무심으로 너덜너덜해진 마음을
꽃 한 다발에 챙겨 넣고
불효가 수북 올라온
봉분 앞에 쪼그리고 앉아
생전에 좋아하시던 과일 나란히 놓고
두 번 절 올리며
이승과 저승의 안부를 서로 나눕니다

서툰 낫질로 불효를 깎습니다
흐르는 땀이 눈을 가립니다
유택이 정갈해지고
너덜해진 마음에도 잔잔히 평화가 흐릅니다

어느새 어머니 나이를 향해 달리는
자식이건만 아직도 철부지 응석입니다

이제 삭신이 말을 듣지 않는다고

관절이 해마다 서걱거림이 심해진다고

내년 윤달이 오면
봉분을 열어 화장해 모시겠다며
불효를 나무라지 말아달라고
생떼를 씁니다

열 자식 안 부럽다던 생전의 말씀이
가시처럼 따갑습니다

하늘이 참 맑습니다

제2부

은유와 직유

은유와 직유가 대결점에서 눈을 흡떴다
눈싸움이다
한치 양보는 사절이다
시간은
무심히 물 흐르듯 흐른다
자정이 넘도록
줄다리기다
은유의 눈빛이 흔들린다
직유도 슬그머니 눈길을 거둔다
핏발 선 대결이 스르르 힘이 풀리고
패자도 승자도 가리지 못한 채
빛나는 문장을 거두기 위한
은유와 직유의 팽팽한 대립을 견디지 못한
시어들이 줄초상이다
널브러진 시어들은 숨이 없다
죽은 시어들로 채운 문장은 너덜해지고
사유는 적막에 갇혔다

동지 풍경

밤이 가장 긴 날

할머니
붉은 팥죽 쑤어 집 안팎 돌며 고수레하셨다
설강 밑 조왕 신에게 정안수 대신 팥죽 올리고
빌고 또 비셨다

집안 어딘가
서성대던 악귀들
할머니 간절한 염원에 줄행랑을 놓았다

두레 반상에 둘러앉아
뜨거운 팥죽 한 그릇이면 냉기 가시고
악귀 곁에서 멀어졌다

그림 같은
동지 풍경 시네마가 눈앞에 펼쳐지는데

〉
나이 한 살 더 얹힐 새해가
나에겐 역질이다
화선지를 펼쳤다
밤물 같은 먹을 갈아
듬뿍 묻혀 일필휘지
– 꿈 있는 자 아직 청춘이다

동지팥죽 대신 먹물 고수레했다

님은 먼 곳에

창밖엔 싸락눈이 내리고
하늘은 먹물을 풀었다

이런 날은 믹스 커피지

박창근이 노래한다
– 마음 주고 꿈도 주고
허이
추임새가 쌉쌀하고 애절하다

노래가 온몸을 결박한다
절절함이
수갑이 된다

거실에
점등된 크리스마스트리가 흐느낀다
전기스토브도 눈시울을 붉힌다

벽에 걸린 가장 초상화에서도 먹물 같은 눈물이 줄
줄 흐른다
  목 줄기를 타고 내려가던
  커피도 울컥 막힌다

  집안 구석구석 억눌렸던 것들이
  들고 일어나
  노래 속으로 들어간다

  눈발을 타고 멜로디를 타고
  벽시계 초침도 덩달아 울컥울컥 절뚝인다

노꼬뫼 오름

꽃뱀 같은 숲길에 들어서니
빗줄기
안단테로 사르륵사르륵 현을 가른다
새 순 물맛 보고
연두연두 하며 환하다

사방에서
뭉게뭉게 연초록 구름이 피어오르고
우렁우렁 숲도 숨을 고른다

숲을 접수하려는 발걸음이
한 발 한 발 상쾌하다

산은 해발 700m
하늘에 닿을 듯 숨이 차다
보라색 별꽃이 반짝
헐떡이는 숨을 가라앉힌다

⟩
오름 정상에 서니
제주가 시야에 들었다

삶의 찌꺼기 땀에 씻겨 내리고
와르르 연두 물 몸 안으로 들어왔다

가슴 가득 푸른 물이 출렁거린다

까르페디엠

요통 치통 견비통
통증 삼종 세트가 찾아와서요

춤을 추려 했어요
아 글쎄 문화센터 창구에
만 65세 이하라고 써 붙였네요
진흙탕에 넘어진 기분인 거 있지요

까짓거
춤추기 내려놓고
국민체조로 바꿨어요
구령에 맞추어 신나게 흔들다 보면요
관절 마디마디 외마디 지르지만요
굳은 근육 풀리고 한결 가벼워지걸랑요

오늘은
빳빳한 햇살 속으로 걸어 들어갔어요

한둘 한둘

팔을 흔들며 리드미컬하게 걸었더니요

요통 견비통이 슬그머니 숨어버리데요

here and now

까르페디엠! 까르페디엠! 신나게

춤추는 그리스인 조르바가 되지요

카르페디엠! 카르페디엠!

사는 게 별건가요

파도

울음은 밤새 이어졌다

뒤채며 몸부림치는 저것은
슬픔의 결이었다

제 몸을 부수며 울부짖는 포효
골수에 맺힌 응어리를
바위에 짓이기는
저건 자해라 하겠다

생을 부수고
살점 흩어지는 물의 살기가
거세게 휘몰아치고
죽음의 갈기를 막아보려 방어벽 물매를 맞는다

등대는
핏발 선 눈을 부릅뜬 채

외마디소리를 질러보지만

멍투성이 바다는
결결이 주름 접으며
검푸른 슬픔을 엎었다 뒤집으며
너울을 쓰고 밀어대며 호곡하는 것이다

함박눈

함박눈은
스타일리스트다

헐벗은 겨울나무에 목화솜 꽃을 피우고
땅위엔 하얗게 카펫을 깔아놓았다

세상 만물을 순백으로 바꾼 매직의 천재
행복의 전령사라 해도 무방하겠다

마음이 눈밭을 튀어 오르고
함박눈과 어깨동무하고
나비가 되는 이 가벼움

순식간에
내 머리 위에도
하얀 왕관을 씌웠다
설국의 황후라 해도 되겠다

〉
억새도 눈꽃을 이고 고개가 휘었다
저리 겸손해졌으니
내 시녀 해도 좋겠다

눈밭 위로 만조백관이
부복하며 엉금엉금 알현이다
세상이 모두 내 발 아래라 하겠다

횡성 오일장 가는 길

횡성 오일장 날
내 전용 46번 마을버스가
신바람 났다
정거장마다 삼삼오오 가재미눈으로 버스를
기다리는 촌로들에게
친절은 마냥 느긋하다

버스 오르는 일이
안나푸르나 절벽을 오르는 것만큼
힘에 부친 촌로들이건만
버스는 서둘지 않는다

모처럼 버스 안은 만석이다
왁자지껄 주고받는 인사가 정겹다

밭고랑 같은 주름 위로
웃음이 번진다

〉
감자씨는 놓았는지
고추모는 냉해를 입으니 5월 모종을 해야 한다느니
콩값, 송아지 분유값, 모종값이 턱없이 올랐다느니
이 대목에서 한숨이 깊다

농사일지에 이어 마을 뉴스다

아무개네 혼사에 누가 왔고
윗마을 아짐이 무릎 수술로 입원중이고
안씨는 척추협착증으로 굴신이 어렵고
김씨 안노인네 치매 소식엔
한마음으로 측은지심 가득하다

한바탕 소란은
횡성장터 정거장에서
수런거리던 말들을 주섬주섬 추스르고
밀물 쓸리듯 우르르 하차다

〉
몸은 삐걱거려도
오일장 나들이로 흥겨운
마음만은 여전히 연분홍 복사꽃인
촌로들의
봄날이 속절없다

후생은 칸의 여자다

마부 소년의 눈은 흑진주다
씨익 웃는 잇속이 상앗빛이다

초원은 끝없이 푸르고
말발굽은 규칙적으로 또각거렸다

소년이 싱긋 웃었다
해맑은 웃음이 말랑말랑하다
소년의 해맑은 웃음이
불안과 두려움을 바람 속으로 거둔다

소년이 휘파람을 불었다
새 울음 같은 소리는 자석이 되어
마음이 끌려간다

하늘은 끝없이 푸르고 구름은 양떼처럼 흘렀다

소년은 청량하다
소년에게선 페퍼민트 향기가 난다

소년의 꿈이 달린다
소년의 하얀 미소가 달린다

소년과 말과 나는
말랑말랑한 거리를 유지하며
초원을 달린다

찌들었던 감정들이 말갛게 씻긴다

소년은 칸의 후예답다
소년은 칸의 기상으로 초원을 품을 것이다

가이드 사내의
스마트폰 렌즈가 우릴 포획한다

〉
활짝 웃으며
두 팔 벌려 손가락 브이를 높이 들어올렸다
초원이 내 품으로 다 들었다

후생은 칸의 후예가 되기로 한다
소년을 닮은 연인과
드넓은 초원을 달리는 칸의 여자

회상

이브 몽땅의 고엽의 멜로디가 깔리고
우울이 멜로디의 등에 업혀
동굴을 찾는다

- 우울이 들 때마다 나는 고엽을 듣지
언젠가 네가 고엽을 들려주며 했던 말이
그리움이 되는 날

낙엽이 바람을 업고 이리 쓸리고 저리 쓸리는 걸 보
면서
어느새
우울이 찰거머리처럼 눌어붙고

꿈이 삭제된
밀랍처럼 굳은 표정
파지처럼 후줄근한 모습의 네가 떠올랐어
바람에 쓸리는 마른 낙엽 같았지

〉
긴 이별을 간직한
골진 얼굴에선
가을비가 흘러내렸어

서글픔을 탑재한 채
우수에 찬 이브 몽땅의 고엽이
전신을 휘감고
고엽과 하나 되는
이 쓸쓸한 가을밤

이 지독한 그리움과 적막함과
피해 갈 수 없는 세월의 무게에 짓눌린
생의 고단함으로 하여
고엽이라고 쓴다

기억장치 고장 중

연식이 오래 된 기계 알지
요즘 내가 그래
풀가동되던 내가 어느 때부터 잠시 정지 모드로
전환되는 증상이 잦아지고 있어
뇌가 쪼그라들고 있는 중인 거야

늘 가던 곳이 생소해서 둘레둘레 어리둥절하기도 하고
방향키가 엉뚱한 곳으로 향해 헛걸음치기도 하고
핸드폰 손에 들고 찾기
약속 잊어버리기
가스 불에 음식 태우기
자꾸만 아득해지기

미로에 갇힌 기분 있지
아득한 터널에 갇혀
나를 잃어버린 것 같기도 해

〉
아무래도
기억장치에 구멍이 뚫리는 중인가 봐
고장이 난 거야

망중한

고요와 적막이 진을 치고 있는
나 홀로 집입니다

눈을 품은 구름이
햇살을 볼모로 잡고 있어
거실은 햇살을 잃어버린 결핍으로
냉기가 는개처럼 깔렸는데요
찰거머리 같은 냉기가 싫어
벽난로를 지폈어요

마음을 주지 않는 짝사랑 같아서요
애면글면 공을 들이다 보면
마지못해 찌글거리던 벽난로 불길이
활활 불춤을 추며 일어서지요
앙금처럼 가라앉은 냉기가 걷히고
첫사랑 같은 따스함이 거실을 덮으면요
절로 넉넉해지고

진한 커피 내려 한 잔으론 성에 안 차
연거푸 두 잔 채워 불멍인데요

창밖엔
자분자분 새색시처럼 내린 눈으로
마을이 설국으로 변해 버렸는데요

주전자 물 끓는 소리가
클래식처럼 엔틱해서요
꿈속처럼 아득해지네요

망중한입니다
참 좋습니다

성지

코로나 감염병으로
대성당은 문이 닫혔다
닫힌 문밖에 자리를 틀었다
문을 굳게 닫아버렸어도
구원의 간절함을 막을 수는 없는 것이어서

그만그만한 소망을 품고
먼 곳 가까운 곳에서 모여든 사람들은
성지 대성당 문밖에 앉아
두 손 모으고 거룩해지는 것인데

힘들고 지친 이들을 위로하는 힘이 있다고
막힌 일도 풀린다고
병든 몸도 일으킨다고
비슷한 염원을 담아온 저 믿음들

성모상 앞에 소망을 담은 수백 개의 촛불을 켜면

일렁일렁 눈물 글썽이며

아낌없이 제 몸 사르는 사랑 앞에

막힌 억장 스르르 풀며

무너졌던 의지도 일으켜 세우는 일념

바람에 흔들리며

하얗게 흐드러진 구절초가

천사의 흰 옷자락이라는 억지조차

믿음이 되어주는 성지

고문

몇월 며칠 몇시 내원하라는 발부장이다
출두할 곳은 10호실
들어서니 고문기구들이 줄줄이 매달려 있다
백의의 천사로 위장한 고문 조력자는 의외로 친절하
다
그의 손에 이끌려 고문의자에 앉는다

기저질환이 있는지 확인한다
만약의 사태에 발뺌하려는 수작이다

다음 순서는
얼굴 덮개가 코 입만 내놓고 씌워진다
고문이 시작될 것이다

얼굴을 볼 수 없는 고문자가 인사를 한다
발치를 위해 마취를 하겠다며
마취제 주입 시 통증이 유발된다는 친절한 설명이다

〉
아 하세요
강제성을 띄운 명령조다
입을 벌리자마자 고문기구 난입이다
쉭쉭 소리와 함께 입안에 기분 나쁜 공기가 휘집고
쉐액쉐액 물고문이더니
다음은 찝찔한 소금물 고문이다

마쳐 들어갑니다
선전포고다
온몸의 세포가 들고 일어난다
마쳐를 거부하겠다는 몸부림은 통하지 않는다
강한 통증이 일더니 입안이 먹먹하고 감각을 잃는다

드드득 망치질이다
더 이상 질문은 없다
드드득 쉐액쉑 쉭쉭
본능적으로 꿈틀거리며

상황을 벗어나려는 움직임을
고문 조력자가 제지한다
여기저기서 고문의 기분 나쁜 소음이
오케스트라 협연처럼 어우러져 가득 차오른다
잡혀온 이들이 다수인가 보다

비몽사몽 의식 사이로
고문자의 음성이 들린다
끝났어요 양치하세요
피가 많이 납니다
솜틀막이다
여섯 시간 동안 물고 있어야 한단다.

협박성 주의 사항을 듣는 동안
조력자는 나를 의자에서 끌어내린다

두 개의 어금니를 고문으로 잃었다

폭포

흰 마가렛이
포말을 일으키며 뜰을 점령했다
바람이 흔들 때마다
마가렛, 금계곡, 양귀비, 에키네시아, 루드베키아,
달맞이, 접시꽃들이
흐드러져
바람 따라 폭포수가 되었다
속수무책
꽃 폭포수에 마음이 풍덩 빠져버렸다

폭포 2

급락 곡선은 수직이었다
그건 파괴의 굉음이었다
심장도 수직으로 오르내렸다

수직의 물줄기가
온몸을 얼얼하게 두들겼다

던져야 하는데
움켜쥐고 놓지 못하였다
수직 곡선이
급등이란 빨간 불을 켜고 치솟을 날이
눈앞에 유혹하고 있어서였다

하루 수차례
폭포처럼 내리꽂히는
주가 수치에
가슴은 벌겋게 타오르고

입에서는 단내가 났다

폭락은 폭포의 등식이다

제3부

빈집

토담이 푸석이고
삽짝이 주저앉았다

초가는 승려 옷처럼 잿빛을 두르고
잡초만 서슬 푸르다

먼지가 뒤덮인 마루는 더덕더덕 분칠한 주모 같고
여기저기 사냥감을 노렸던 거미줄엔
오래전 생을 잡힌 곤충이
박제된 채 늘어졌다

찢긴 덧창은
휘파람소리를 내고 있다

헛간 앞
자루 부러진 삽이 빨갛게 삭아 내리고
댓돌 앞 낡은 검정 고무신 한 짝이
마냥 외롭다

내가 우주다

두 번째 영산강 걷기
길은 아득하나 발걸음 따라 오는 것들
무등산 월출산 승천보 유장하다

수레국화, 목백합, 꽃양귀비 농염하고
안토시안을 잔뜩 품은 오디, 버찌, 입안 상큼한데
아, 바람 바람 바람
더불어 걷다 보니 이만 보를 훌쩍 넘겼다

갈 길이 아직 남았는데
가는 길목
극락강, 황룡강 합류점인 노평산 기슭
빼어난 정자, 호가정이 손짓한다

정자에서 노니던
당대 명사 이황, 이언적, 오겸 가고 없으니
주인행세 해 볼만 한 것이라고

일행을 벗어나 호가정에 올라
지친 몸 네 활개 활짝 펴고 누워
정자를 품에 안는다

두세 시간
청량한 바람소리, 새소리, 멀리 유유히 흐르는 강물
까지
내 안에 다 품고 노곤히 잠들다
호가정이 나요, 내가 호가정이 된 듯한
이 충만함이라니
우주의 중심이 내 안에 들어 있다

이 순간 내가 우주다

햇살 눈부시게 반짝이던 날

공차 마시러 가자는 예쁜 아이야
공차가 낯설어 도리질이다

나이가 들면 아이야
낯 익은 것만 고집하는
옹고집이 늘더구나

기웃기웃 찻집을 스캔하며 골목길을 돌다가
너에게 이끌려 들어간 공차 집
공들여 만드는 차라서 공차라는 네 말에
문턱을 넘었던 마음을
슬쩍 다시 안으로 들였단다

두 가지 콜라보로 맛을 중화시킨 음료
자몽과 그린 티의 만남이 이런 근사한 맛이라니
해맑음 맛이 이런 걸까

아이야, 예쁜 아이야
행궁 데이트 하자며 내 손 잡고 골목을 누비며
할머니에게 초록물 같은 기쁨 선물해 준 아이야

벚꽃엔딩이 흐르는 공차 집에서
차향 가득 차오르고
꽃처럼 환한 네 얼굴 마주보며
한 편의 시 같은 이 순간들을
한 행 한 행 곱게
기억 속에 저장한다

'햇살 눈부시게 반짝이던 날
20대 너로 하여 50년 젊었던 날'
이라고 일기장에 적는다

미술관에 가면 조문국이 있다

금성산 아래 마질기 마을을 그냥 지나칠 일 아니다
역참이 살던 마을이라 마질기마을이라 한다는데
속 깊은 내력을 들여다보려면
봉정사 가는 길목 미술관*에 들러야 한다
삼한 초기 부족국가였던 조문국**을
황금빛으로 담아낸 미술관 속으로 들어가 볼 일이다

마질기마을에 흠뻑 빠져 조문국을 화폭에 담은 작가
는
스스로 왕녀가 되어 그림 속을 유영했다는데
조문국이 설화의 화폭으로
황금빛으로 발하는
봉정사 가는 길목
미술관에 환생한 조문국에
마음 빼앗긴 가을 초입

세월의 시계를 훌쩍 뒤로 돌려놓고

반백의 주름진 얼굴을 잠시 접으며
조문국의 왕녀가 되는 꿈에 흘려 있는
마법 같은 그런 날

˙안동 김정희미술관
˙˙경북 의성 지역 고대국가

바벨탑

융성이라고 쓴다

명예여야 한다고
권력은 쟁취라고 쓴다

두껍아 두껍아
헌집 줄게 새집 다오
모래집을 지으면서
키웠던 유년의 꿈

보릿고개는 숨이 찼고
한 끼 밥조차 가뭄에 콩 나던 가난은
창자에 허기의 바람이 들었다

명예와 부를 움켜쥐느라
헐떡이며 내달렸다

옆을 보고 뒤도 돌아보며
숨고르기가 필요하다는
몸의 말을 귀담아 듣지 못하였다

고지가 보일 즈음
여기저기
생을 갉는 좀이 슬었다

욕심을
몰락이라고 쓴다

신은
어김없이
바벨탑을 부수었다

봄의 소리

앙큼하게 치마 들추고 파고든 봄바람에
치맛단 팔랑팔랑 왈츠를 춘다

보랏빛 아지랑이
아른아른 다가서고
연초록 물배인 숲에서
새소리 짹짹 찍찍 지지지지
화음이 소란하고
나뭇가지들 춤사위 흥겹다

뒤질세라
졸졸졸 계곡물 소리 봄결 따라 흐르고

한껏 부푼 묵정밭에선 주름을 내느라
트랙터 온몸을 떨며 터덜터덜 숨소리 거칠다

치맛자락에 묻혀 온 봄볕이

거실 바닥에서 짜글짜글 끓는다

치이익 밥솥은 달캉달캉 콧소리 내며
밥 익는 냄새 달작지근하다
덩달아
냉이된장국 부글부글 봄맛이 끓는다

봄꽃들 다투어 튀밥 튀듯 폭폭 꽃망울 터트리며
질펀하게 봄 향연 준비하느라
붉그락 다투어 수런거리는 소리가 간지럼을 태운다

옛집 이야기

아득한 곳에서
청아한 시소 가락이 흐르네요

아
내 어릴 적 옛집이군요
할아버지 사랑방에서 장죽으로 놋쇠 재떨이를 치면서
동창이 밝아았느으으으냐아
목청을 길게 뽑으시면
가락은 집 담을 넘어 동구 밖까지 휘돌았거든요

묵향이 사랑방에 그득하게 차오르고
아쟁을 짊어진 가객이 드는 날이면
청승스레 꺾이는 아쟁 소리에 목이 감긴 할아버지
안채에 술상 내오너라 하셨는데요
밤이 적막을 드리우고 고요해지려 하지만요

90

시조가락은 이슥토록 사랑채를 들썩이고
하염없이 촛농이 흘러내리는데요

풍류를 즐기시던 할아버지
빳빳한 모시두루마기에 갓 쓰시고
긴 장죽 꼬나 쥐고

펄펄 호방하게 웃으시며
학처럼 저리 나는 듯 오시는데요

그 모습
어제처럼 선명해서 너무 선명해서
새싹 같은 내 유년이 파랗게
옛집 안마당을
겅중거리며 나대는 날입니다그려

바닥을 치고 솟아오르는 생

찰나라고 하겠다
하늘이 무너졌다 하겠다
칠흑 같은 어둠이라 하겠다
빙하에 갇힌 죄인이라 하겠다
세상이 사라졌다 하겠다
베인 억장에서 핏물 흐르고
살점 저미는 고통이라 하겠다
모래바람 자욱한 사막이라 하겠다

허구한 날 눈이 젖었다
대못이 심장에 박히고
철철 피가 흘렀다

입술을 물었다
아픔을 삼켰다
흐르는 눈물 사이로 갈라진 햇살이 춤을 추었다
햇살이 튀어 오른다

〉
바닥을 치고서야 다시 튀어 오르는 생
지고 가야 할 업이라고
남은 자의 비애라고
가늠 안 되는 거리를 좁히기 위해
뼈가 깎이고 살 떨리는 슬픔을 거두어야 한다고
이제
새 길을 내야 한다고
다시 솟아올라야 한다고

어둠을 이기고 새벽은 반드시 오게 마련인 것이니

주정

　여행 4일째, 시드니 호텔. 와이너리 탐방에서 여자의 제안은 숙소에서 알콜을 나누며 정담을 나누자였다. 남편이 씻는 동안 여자는 식당에서 집어 온 치즈와 가방에 넣어 온 소주 팩을 세팅하며 충분히 여자다워지고 있었다. 여자가 묻혀 온 먼지를 씻고 나오니 남편은 요란하게 코골며 잠이 들었다. 드르렁대는 소리가 야수 같았다. 은밀한 정담이 목말랐던 여자의 소망이 와르르 무너졌다. 여자는 남편 살을 물어뜯듯 소주 팩을 뜯었다.

　소주는 소태처럼 썼다. 여자는 남편을 향해 흰자위를 흘겼다. 소주를 홀짝거리며 여자는 조폭이 되어갔다. 방안이 스테이지처럼 돌았다. 세상이 돈짝만 해지고 여자는 드르렁 코고는 소리에 맞추어 빙글빙글 돌았다. 리드미컬하게도 흥 대신 설움이 터지고 울음은 어느새 코골이와 협연을 이루었다.

엉엉 드르렁 화음은 거칠어지고 울음은 방밖으로 탈출을 시도했다. 카운터 매니저가 달려와 노크했다. 남편이 놀라 일어났다. 여자의 울음은 점점 포르테로 접입가경이다. 당황한 남편이 침대보로 여자의 입을 틀어막았다. 미이라가 된 여자가 침대에 던져졌다. 두 시간 동안의 해프닝에 남편의 잠은 혼비백산하였고, 시나브로 울음이 잦아든 여자는 이빨을 부딪치며 사시나무 떨듯 떨다가 제풀에 잠이 들었다.

날이 밝자, 표정이 돌덩이처럼 굳은 남편이 내뱉은 말은 금주령이었다. 앞으로 절대! 네버! 분노를 질겅이며 남편은 눈을 부릅떴다. 남은 여행 일정 내내 서릿발 같은 냉기가 부부 사이를 갈랐다. 희한하게도 여자의 묵은 체증이 시원하게 뚫렸다.

여자가 술맛을 본 첫 경험이었다.

첫눈

깃털처럼 내리는 저건
하늘에서 보내오는 전령이다
순백의 언어로 살포시 날아드는
그리움이 담긴 연서다

보고픈 사람 맞이하듯 아낙은
하늘 향해 안부를 묻는다

낯선 그곳은
살만 한 곳이더냐고
두고 간 식솔들은 그립지 않더냐고
잠은 잘 자느냐고
먹성 입성은 편하더냐고
뼈가 저리고
살이 떨리는 통증은 다 가셨느냐고
말 섞을 이웃은 생겼느냐고

그곳에서도
아침저녁 샤워는 여전하냐고
손자손녀가 보고 싶어 어찌 견디냐고
애끓는 안부가 실타래다

펄펄 날아오는 새하얀 연서를
온몸으로 맞으며
아낙은 하염없다

금계국에게

네 맘 알아
황금빛으로 환히 밝히던
그 고운 자태 간데없고
씨알 매달고 누워버린 처연한 심정

누군가는 흉물스럽다고
낫을 찾아 들겠으나
누군가는
꽃의 절정은 씨알을 품고
장렬히 스러질 때라며
일으켜 세워주는 이도 있을 것이니

한때 나도 그랬어
세포는 탱글탱글 윤이 났고
걸음걸이는 통통 왈츠를 추었지

세상이 다 내 것이었어

패기가 두려움을 몰아내고
의욕이 탱천하던 시절
너처럼 환하더니

흐르는 대로
흘러가는 대로 떠밀리다 보니
적멸이 지척에 있네

순환의 법칙을 벗어날 수 없는 일이니
죽어야 산다는 진리를
온몸으로 실천하는 중인 거지

그걸 삶이라고 하는 거야

백기를 들다

뜰이 끓는다
나무들은 몸을 떨며 열을 털어내고
한낮엔 꽃들도 풀이 꺾인다
불같은 성질 삭이지 못한
능소화 툭 생을 떨군다

와중에
잡초들 어깨를 겯고 진군이다
뜰을 점령한 백전백승의 기개

저들은 빗맛에 키를 키우고 햇살에 살을 찌운다

저 오만을 막아야 한다
낫과 호미를 내세워 저들과 대치다

얼마 못 가서
관절이 백기를 흔든다

삭신이 비굴해진다

햇살에 땀구멍이 활짝 열린다
잔디밭을 사수하려는 의지가 땀에 흘러내린다
전투력 상실이다
햇살 누그러질 때까지 후퇴다

쇠심줄 같은 생명력에
몸이 백기를 들었다

자화상

삶의 무게에 늘어진 어깨
흘러내린 주름의 골

낡은 기계음처럼
말이 갈라지고 감성이 푸석인다

늦은 시각
기억에 가물가물한 어린 시절 친구의 긴 문자

네가 첫사랑이었다고
아직도 그때 그 자리 변함없는 감정이라며
이제 얼굴 보며 살자는데

첫사랑이란 단어가
심장을 뛰게 하고
십대 소녀로 되돌아가게 하는 매직
뜬금없는

한밤의 세레나데 같은
이 여운, 이라니

가만
내 안에 또 다른 나 살고 있다

길

뼈만 앙상한 마음을 데리고 길에 들어서면
졸졸 맑은 물길이 흐르고
갇힌 생각들이 실타래처럼 풀린다

영원처럼 뻗어 있는 길에서
보내는 인연도 있지만
새로운 인연을 만나기도 한다

길을 자유라고 하겠다
위로라 하겠다
벗이라 하겠다
연인이라 하겠다
치유라 하겠다
사유의 저장고라 하겠다

생각이 두 갈래로 갈라질 때도
길은 묵묵하다

〉
분명치 않은 길을 만나면
멈춤 대신
길로 들어설 일이다

새 길은 그렇게 만들어지는 것이다

부조리

아침은 느슨해도 좋았다

헐거워진 일상은
마른 뼈처럼 앙상했다

인기척 끊어진
사인 식탁과
의자의 여백은 적막이 가로챘다

삶이
정물 같았다

서방정토를 꿈꾸고 있는지
묵언은 하염없이 이어졌다

해맞이

윤슬을 헤치고
뱃길을 건너
해가 제일 먼저 떠오른다는 조도 등대에서
한 해 운수대통을 기원하는 눈빛들이
레이저를 켜고 있다

일출 시간이 지나고 있는데
막무가내
구름 장막 속에서
꽃단장 중인지
좀체 얼굴을 내밀지 않는다

숨은 해를 찾으려는 염원들이 수런거린다

이번 해맞이는 틀렸다는 포기가
모퉁이를 돌아설 즈음
구름장막이 걷히고

벌겋게 닳아 오른 해가 얼굴을 내민다

환호성이 조도 등대를 뒤흔든다
소망들이 파편처럼 하늘을 향해 튄다

둥싯둥싯
붉은 해가 구름을 가르며 오르고
바닷물은 품을 넓혀 햇살을 담는다

남은 자의 섬에서 살기 또는 솟아오르기

― 장봉숙의 두 번째 시집에 부쳐

남은 자의 섬에서 살기 또는 솟아오르기
— 장봉숙의 두 번째 시집에 부쳐

박덕규
(시인, 문학평론가)

1. 남은 자는 슬픔의 섬에 갇히는

'짧은 만남 긴 이별'이라고, 누가 썼다. 이 말은 만나는 기간이 짧은 데 비해 이별하는 일이 길게 이어지는 실제 상태를 뜻함이 물론 아닐 터. 현실에서 시간의 길고 짧음에 상관없이, 함께한 동안의 즐거움이 다하지 않았으며 이별할 뜻이 없었음에도 결국 이별을 하게 된 안타까움을 표현한 말일 게다. 보통은 서로 깊이 사랑하다가 바라지 않게 아주 이별하는 상태를 맞은 이의 심정을 '대구(對句)'로 드러낸 거라 보면 되겠다. 그런데 아주 이별하는 것, 그게 현실에서는 '죽음'보다 더 확실한 실증(實證)은 없으니, 사랑하는 사람이 죽으면서 생긴 이별, 만일 '짧은 만남 긴 이별'이라는 말이 그걸 뜻하는 거라면 그건 어떤 시적인 비유라 이를 것도 없이 바로 '실제의 일'을 가리키는 지시적인 표현이 된다.

죽음의 시간보다 긴 생존의 시간은 없으므로, 우리는 어쩌면 모두 예외 없이 사랑하는 이를 죽음으로 떠나보내고는 '짧은 만남'에 '긴 이별'을 잇고 있는 중인지도 모른다. 이는 우리가 살아남아 있는 존재라는 단한 가지 이유만으로 그렇다. 오늘의 시인 장봉숙 또한 결코 예외일 수 없다. 그도 우리도, 사랑하는 이와 짧게 만나고는 이토록 긴 이별을 겪고 있으니. 그러나 오늘 이 시집이 그 예외 없음만으로 제한할 수 없음 또한 너무나 자명하다. 바로, "그가 영원의 집으로 거처를 옮겼다"(「모자는 불온한 바람이었다」)의 과거 사실을 여전히 현재진행형으로 인식하려는 자아가 장봉숙을 유달리 단단히 붙들고 있기 때문이다.

'만나면 반드시 헤어지는 게 인간사'라 하고 그걸 '회자정리(會者定離)'라 했다. 인생은 '생로병사'의 과정에서 '희로애락'하다 결국 훌쩍 떠나고야 마는 '일장춘

몽'에 불과한 것이라고 말하기도 한다. 그러니 사랑하는 이를 떠나보낸 아픔이 아무리 크다 하더라도 그토록 아파할 것 없지 않으냐고, 서로에게 위로의 말을 전하기도 한다. '슬프지만 마음 상하지 않는다'는 '애이불상(哀而不傷)'의 태도로 그 시간을 견디라는 충고도 있다. 모두 참다운 가르침이요 도타운 도움말일 것임에 틀림이 없다. 그러나 그 어떤 말이건 사랑하는 사람과 영원히 이별하는 그 시작점에 놓인 한 인간의 현실을 위무하는 용도로는 도무지 모자랄 수밖에 없다.

　장봉숙에게 그 현실은 시적으로는 "떠난 자는 흔적이 없고 / 남은 자는 슬픔의 섬에 갇히는"(「지평선」) 그 '섬'에 위치한다. 그 '섬'은 과거가 된 이별을 현재진행형으로 인식하려는 시적 자아의 내적 공간으로 상징화된다. 그 자아는 그곳의 유일한 거주자로서, 그곳에 안주하는 것도 그곳에서 벗어나는 일도 모두 스스로의 몫으로 감당해야 한다. 그 어느 쪽이나 고통이 따른다. 자명한 것은 시간이 경과함에 따라 그 자아는 결국 '죽음의 이별'을 과거의 시간으로 밀어내면서 다가오는 시간의 삶을 현재진행형으로 맞아들일 수밖에 없다는 사실이다. 그게 삶이니까. 장봉숙의 이 시집의 큰 의미는 바로 이 지점에서 생겨난다. 그 시는 그 섬 거주자로서 '죽음의 이별'의 시간에 의지하고 그것을 연장하는 데 상당한 분량을 얻고 있지만 동시에 그것에서 벗어날 수밖에 없는 현실로 의식의 중심을 옮겨가는 일종의 '탈각의 아픔'을 수행한다. 이로써 장봉숙의 이 시집은 한 인간의 사연으로 치면 '배우자와 사별한 아픔을 드러내면서 그것을 극복하는 과정'으로 편하게 읽을 수도 있겠으며, 시인의 것으로 치면 거기서 더 나아가 내적 형상화를 이룬 다수의 시편을 보여주는 것으로 이해할 수 있게 된다.

2. 펄펄 날아오는 새하얀 연서를

깃털처럼 내리는 저건
하늘에서 보내오는 전령이다
순백의 언어로 살포시 날아드는
그리움이 담긴 연서다

보고픈 사람 맞이하듯 아낙은
하늘 향해 안부를 묻는다

낯선 그곳은

살만 한 곳이더냐고

두고 간 식솔들은 그립지 않더냐고

잠은 잘 자느냐고

먹성 입성은 편하더냐고

뼈가 저리고

살이 떨리는 통증은 다 가셨느냐고

말 섞을 이웃은 생겼느냐고

그곳에서도

아침저녁 샤워는 여전하냐고

손자손녀가 보고 싶어 어찌 견디냐고

애끓는 안부가 실타래다

펄펄 날아오는 새하얀 연서를

온몸으로 맞으며

아낙은 하염없다

—「첫눈」 전문

　순백의 첫눈을 보고 '그리움이 담긴 연서'를 떠올리
는 낭만은 누구에게나 자연스런 일이다. 첫눈으로써

첫사랑을 현현시키는 습관적 감성마저 있다. 첫눈을 맞으며 아득한 그리움을 되새김하며 첫사랑의 감정에 빠지는 '감상(感傷)' 또한 지극히 자연스러운 것이다. 그런데 이「첫눈」의 시인은 그 첫사랑에 빠지는 대신, 필시 첫사랑은 아니었을 '그'와의 '미처 떨어지지 않은 시간'을 불러낸다. '과거에 내가 사랑한 그'가 '나'를 떠난 뒤 가 있는 곳은 '낯선 그곳'으로서, '나'로서는 또는 그 누구로서도 전혀 짐작할 수 없는 세계다. 아무리 그리워해도 만날 수 없는 그곳에 '그'가 있으니, '그'와 이별한 때가 오래지 않음에도 그만큼 간절할 수밖에 없다. 따라서 '나'에게 '첫눈'은 남들처럼 '첫사랑을 생각나게 하는 하얀 눈'이기를 넘어 '순백의 눈'이 되고, '첫사랑'의 기억이 일깨우는 감성의 언어보다 훨씬 더 생생하게 '펄펄 날아오는 새하얀 연서'가 된다.

장봉숙의 이번 시는 이처럼, '죽음의 이별'이라는 실제 현실과 관련해 그것을 현재진행형으로 인식하려는 자아가 깊게 자리하면서 일어난 감정을 표출하는 데 상당한 부피를 둔다. 이 점은 실은 시에 대한 중요한 문제를 제기하게 하는바, 그것은 시라는 장르가 가지는 속성에 관계된다. 시는 '실제 현실'을 재현하는 데

익숙한 장르가 아니다. 시인이 현실에서 겪은 실제의 일을 진술하는 일까지도 방임하는 시류(時流)를 인정한다 할지라도 그것은 어디까지나 '시적 재현'의 범주 안에서의 것이어야 한다. 이에 비해 '죽음의 이별' 앞에 선 장봉숙의 많은 시는 '낯선 그곳은 살 만한 곳이냐', '손자손녀가 보고 싶어 어찌 견디냐' 등으로, 연이은 '일상어'로 '평상의 삶'을 재현하는 데 더 익숙하다.

곁에 그가 있는 듯 말을 건넸어요. 이제부터 즐거운 독거가 되려고 해. 당신도 찬성이지? 영정 속에서 그가 환하게 웃고 있네요. ─「선글라스」에서

꿈이 삭제된
밀랍처럼 굳은 표정
파지처럼 후줄근한 모습의 네가 떠올랐어
바람에 쏠리는 마른 낙엽 같았지

긴 이별을 간직한
골진 얼굴에선
가을비가 흘러내렸어

─「회상」에서

여행 4일째, 시드니 호텔. 와이너리 탐방에서 여자의 제안은 숙소에서 알콜을 나누며 정담을 나누자였다. 남편이 씻는 동안 여자는 식당에서 집어 온 치즈와 가방에 넣어 온 소주 팩을 세팅하며 충분히 여자다워지고 있었다. 여자가 묻혀 온 먼지를 씻고 나오니 남편은 요란하게 코골며 잠이 들었다. 드르렁대는 소리가 야수 같았다. 은밀한 정담이 목말랐던 여자의 소망이 와르르 무너졌다. 여자는 남편 살을 물어뜯듯 소주 팩을 뜯었다. -「주정」에서

떨쳐내고 싶었던 잔소리도
그리움이 된다는 걸
잃고 나서야 알게 된 진실

—「섬」에서

영정 속의 '그'와 대화를 나누고(「선글라스」), 회상을 통해 '긴 이별을 간직한 골진 그의 얼굴'을 보다가(「회상」), '낭만적인 여행지에서 둘만의 오붓한 시간을 앞두고 곯아떨어진 그에게 화가 치밀어 혼자 만취해 버린 한때'를 떠올리기도 하고(「주정」), '그'에게 지긋지긋하게 들어 '떨쳐내고 싶었던 잔소리'조차 그리워하기도 하는(「섬」) 등의 여러 진술은 모두 실제 있은 일을

일상어로 드러낸 것이다. 일상어는 사실이나 감정을 직접적으로 전달하는 데 능통한 언어다. 장봉숙 시에서 이 언어는 '죽음의 이별'을 현실로 받아들이기 싫어하는 마음의 상태를 알려주는 데 일차적인 효과를 얻는다. 이해와 공감이라는 면에서는 독자와의 만남은 그만큼 손쉬워진다.

3. 저 비 그치면 무지개 걸리겠다

나아가 많은 독자들은 어떤 시인에게나 그러하듯이 '일상어로 재현한 평상의 삶'이 어떻게 변주되어 전에 없는 '미적 형상'으로 나아가는지에 대한 기대를 품게 된다. '섬'에 갇힌 자아의 자리가 워낙 굳건한 장봉숙에게 몹시 가혹한 일일 수도 있지만, 그건 그 자체로 시에 대한 필연적인 기대가 되기도 한다. 장봉숙도 이를 모를 리 없다. 장봉숙으로서는 '섬'의 시공에서 벗어나기 또는 '일상어를 통한 평상의 삶' 그 다음 단계로 나아가기, 라는 두 가지 과제를 한 몸으로 안아야 할 상황인 것이다. 이럴 때 내적 심연에 잠긴 시적 자아의 면모가 드러내는 장봉숙의 시편들을 주목할 필요가 있다.

울음은 밤새 이어졌다

뒤채며 몸부림치는 저것은
슬픔의 결이었다

제 몸을 부수며 울부짖는 포효
골수에 맺힌 응어리를
바위에 짓이기는
저건 자해라 하겠다

생을 부수고
살점 흩어지는 물의 살기가
거세게 휘몰아치고
죽음의 갈기를 막아보려 방어벽 물매를 맞는다

등대는
핏발 선 눈을 부릅뜬 채
외마디소리를 질러보지만

멍투성이 바다는

결결이 주름 접으며

검푸른 슬픔을 엎었다 뒤집으며

너울을 쓰고 밀어대며 호곡하는 것이다

—「파도」 전문

　"울음은 밤새 이어졌다"할 때, 울음의 주인은 누구일까. 일상어의 자리에서는 바로 '나'다. 그런데 이 시에서 '나'인 듯 보이던 그 주인은 '나'가 아닌 '파도'라할 수 있다. 뒤채며 몸부림치고, 제 몸을 부수며 울부짖고, 바위에 스스로를 짓이기고, 살점을 찢는 것, 그것은 '파도의 형상'임에 분명하다. 그렇다면, 이 시는 '파도'에 대한 묘사로 일관한 것인가. 물론 그렇다. 그렇다, 라고 할 수 있다. 그렇지 않고서야 제목이 '파도'일 리 없는 것이겠다. 하지만 그 '파도'는 다시 '나'의심경에서 느껴진 '파도'일 것이므로 이 시가 '파도에 대한 객관적 묘사'가 아니라 '파도에 이입된 나의 감정과 인식으로서의 재현'이라는 사실 또한 당연한 해석이 된다. 말하자면 이 시는 '울음의 주인'인 '나'의,'울음을 우는 실제'인 '파도'로의 치환 상태로서 '전경(前景)'을 이룬 것이다. 이런 과정을 이해하는 독자라면 이제 일상어로써 재현한 '평상의 삶'을 편안하게 수용하는 자리에서 '시적 자아(나)의 시적 대상(파도)으로의 치환'에 감응하는 지위로 옮겨 앉을 수 있게 된다.

검은 장막을 드리운 하늘
그곳에서도 누군가 생을 접었나 보다

슬픔을 견디지 못해
어쩔 수 없이
지상으로 쏟아내는 눈물이라 해두자

하루 종일
멈추지 않는 저 질긴 눈물이
지상을 적시는 동안

곰팡이 같은 우울이
전신에 퍼지고
홀로 섬으로 가라앉는다

저 비 그치면
무지개 걸리겠다

　시는 '시적 자아(나)'를 심상(心象)으로써 보여주는
장르다. 그때 심상은 기쁘고 슬프고 그리워하는 등의
감성적 상태나 동경하고 반성하고 전망하는 등의 이성
적 상태를 어떤 사물의 형상에 빗댐으로써 명징해진
다. 가령 '나는 슬프다'라는 원초적인 감성은 '누군가
의 슬픔이 장막에 서린다' 식으로 즉, '어떤 대상의 움
직임'으로 치환되면서 그 슬픔의 감정을 '되보게 하는
효과'를 얻는다. '하염없이 흐르는 내 눈물' 또한 '슬픔
에 대한 직설적 토로'에 그치지 않고 '멈추지 않는 저
하늘의 눈물'로 비유되면서 독자의 수용에 새로운 각
성 기회를 갖게 한다. '우울한 내 심사'는 '곰팡이 같은
우울'로 실재감을 얻는다. 이에 따라 "저 비 걷히면 /
무지개 걸리겠다"의 진술 또한 '시적 자아(나)'의 희원
이자 동시에 '시적 대상(하늘)'의 유추적 형상이 된다.
이렇듯 '시적 자아'의 '시적 대상화'로써 독자들에게
이전에 얻지 못한 '예측 못한 수용효과'를 제공한 셈이
니, 이는 이른바 '자아의 대상화'로 온전한 귀결을 이
루는 예라 하겠다. 이건 나아가 서정시의 원류를 증명
하는 사례로서도 괜찮을 성싶다.

4. 비밀의 정원에선 오늘도 여전히

그런데 우리는 한 인간, 한 시인에게 언제나 온전한 귀결을 바랄 수는 없을 것이다. 장봉숙의 많은 시는 이런 귀결 자체이기보다 그것에 이르는 다채로운 노정으로써 매우 인간다운 면모를 드러내고 있다. 이점 어쩌면 이 시집의 가장 큰 특징이라고도 할 수 있다. 그걸 '슬픔의 섬'에 갇힌 데서 그것으로부터 탈각하려는 부단한 과정이 얹어지면서 시적 공간도 넓어지고 삶에 대한 통찰이 깊어진 경우라고 설명해도 좋을 듯하다.

이 시집이 '평상의 삶'을 일상어로 드러내 독자와는 편하게 교감하는 통로를 쉽게 얻었다고 말했지만, 사실 그 '평상의 삶'도 내용이 그리 간단하지 않다. 가령, "접힌 생각들을 뒤적이다 보면 / 잠은 줄행랑이다"(「불면」), "기필코 / 자고야 말겠다는 의지와 / 결코 잘 수 없다는 / 의지의 날선 대결이다"(「수면유도 음악」) 등에서의 '불면 체험'만 해도 '언어 표현으로서의 고통'에 머물지 않는 '리얼리티'를 구현한다. 또 "집안 구석구석 억눌렸던 것들이 / 들고 일어나 / 노래 속으로 들어간다"(「님은 먼 곳에」), "돌아가는 노래 속으로 / 내 인생이 / 빨려 들어간다"(「바람의 노래」) 등에서의 '대중가요 즐기기'도 그 고통의 일상을 씻으려는 '씻김굿'(「바람의 노래」)으로서 삶의 통과제의적 과정까지 감안하게 한다.

고요와 적막이
은혜처럼 흐르는 곳

오래 묵은
원망, 갈등, 미움을 다 내려놓으라 한다
이루고 싶은 소망이 한 짐인데
훌훌 내려놓으라 한다
—「죽비」에서

봄내 가득한
너에게 마음을 빼앗겼어
독수리 병아리 낚아채듯
널 비닐봉투에 담았어
봄을 산 거야
—「시샘」에서

바닥을 치고서야 다시 튀어 오르는 생
지고 가야 할 업이라고

남은 자의 비애라고

가늠 안 되는 거리를 좁히기 위해

뼈가 깎이고 살 떨리는 슬픔을 거두어야 한다고

이제

새 길을 내야 한다고

다시 솟아올라야 한다고

어둠을 이기고 새벽은 반드시 오게 마련인 것이니

—「바닥을 치고 솟아오르는 생」에서

비밀의 정원에선 오늘도 여전히

화르르 다투어

봄꽃 난장을 펼친다네요

—「비밀의 정원」에서

　시를 쓰는 인간은 고통을 언어화하는 존재다. 고통을 언어로 확인하는 존재이고, 그 고통을 잊기 위해 새로운 언어를 동원하는 존재다. '죽음의 이별'의 시간에 싸인 '슬픔의 섬'에서 시인은 고독과 슬픔을 확인하고 불면과 방황으로 그걸 견디는 과정을 때로는 일상어로 때로는 내적 심연의 전경화로 구현했다. 그 과정에서 일상어를 통한 현실 재현이라는 특징이 드러나기도 했고, '자아의 대상화'라는 서정시의 원류를 증명하기도 했다. 독자로서는 한 인간의 고통이 드러나는 현장의 실재감과 더불어 그 표현이 주는 언어적 효과를 체감할 수도 있었다.

그 체감은 이제 나아가 조금은 경쾌한 기분으로 채색될 듯도 하다. 오늘의 시인 장봉숙이 '섬'에서 '섬' 밖을 유영하며 "고요와 적막이 은혜처럼 흐르는 곳"을 찾아나서니, 거기서 "원망, 갈등, 미움을 다 내려놓으라"는 가르침을 얻고(「죽비」), "봄내 가득한" 세상을 만나기도 하며(「시샘」), "뼈가 깎이고 살 떨리는 슬픔을 거두어"(「바닥을 치고 솟아오르는 생」), '오늘도 여전히 다투어 봄꽃 난장을 펼치는 곳'(「비밀의 화원」)을 찾아내고 있으니. 참으로 고통스런 과정에서 찾아낸 '비밀의 화원'일 테지만, 그동안 꾸준히 지켜봐 준 독자들을 한 번쯤은 그곳으로 인도해 주셔도 좋을 듯.

장봉숙

경기도 화성 출생.

시집『서러운 것들은 쇳소리를 낸다』,

수필집『나는 홀로 서럽고 하늘 길은 아득하고』.

원목 동인, 한국작가회의, 용인문학회 회원.

곰곰나루시인선 017

바닥을 치고 솟아오르는 생

초판 1쇄 발행 2023년 10월 31일

지은이 장봉숙
펴낸이 임현경

펴낸곳 곰곰나루
출판등록 제2019 – 000052호 (2019년 9월 24일)
주소 서울특별시 양천구 목동서로 221 굿모닝탑 201동 605호(목동)
전화 02 – 2649 – 0609
팩스 02 – 798 – 1131
전자우편 merdian6304@naver.com
유튜브 채널 곰곰나루

ISBN 979 – 11 – 92621 – 10 – 4 03810

책값 12,000원